Par acquit de conscience

28, rue des Beaumonts

Cécile Crassous

Cécile Crassous 37000 Tours
Prix public : 9,99€
ISBN : 979-10-699-6886-8
Dépôt légal : Mai 2021
Première édition : Mai 2021
Impression à la demande

Couverture : Vincent Bouvais
Correction : Isabelle Brennetot

À Renaud, mon amour obsessionnel

Elle tousserait énormément et ferait semblant de mourir pour échapper au ridicule.

Et je serais obligé de faire semblant de la soigner car sinon, pour m'humilier moi aussi, elle se laisserait vraiment mourir.

Le Petit Prince, Antoine de Saint Exupéry

PREMIÈRE PARTIE

20 h 12

André… dit Michèle dans un souffle.

André, répète Michèle d'un air grave.

André ! hurle Michèle, d'un air exaspéré, excédée par le silence d'André.

Oui ma chérie, répond André d'un ton neutre, tête baissée, les yeux fixés sur son journal.

André je souffre terriblement, dit Michèle grimaçant, serrant de toutes ses forces son polochon en regardant le plafond. Et encore, quand je dis que je souffre, le mot est bien faible. C'est une litote. Ou un euphémisme, je ne sais plus. Enfin tu vois ce que je veux dire. Je veux dire que je souffre beaucoup plus que ne l'indique le mot. C'est un supplice. Voilà c'est tout à fait ça : je suis suppliciée.

André a du mal à montrer de l'empathie. Car depuis une semaine qu'il est assis là, sur sa chaise inconfortable, au pied du lit de Michèle, dos à la fenêtre, il a tenté les phrases réconfortantes, les gestes de tendresse, les services attentionnés.

Mais à chaque fois, par un souffle bruyant et levant les yeux au ciel, Michèle lui a fait sentir son incompétence à soulager ses douleurs. La bonne volonté ne suffit pas, André, la bonne volonté ne suffit pas.

André ne sait plus comment réagir. Alors, aujourd'hui, il tente une nouvelle posture : il se tait. Qui sait, peut-être que Michèle se sentira mieux soutenue dans le silence ?

Michèle insiste. Je veux dire que je souffre beaucoup plus que ne l'indique le mot. C'est un supplice. Voilà c'est tout à fait ça : je suis suppliciée.

André garde les yeux rivés sur ses mots croisés.

Je crois que j'ai encore de la fièvre. Oui, je le sens. J'ai chaud et froid, je ne sais plus.

Tu ne dis rien. Je te dis que je souffre le martyre, je suis à l'article de la mort, je brûle d'un feu intérieur, et toi tu ne dis rien.

Cette phrase est très belle.

Comment ? demande distraitement André qui cherche l'antonyme de « aimable » en sept lettres.

Je dis : cette phrase est très belle. C'est très beau de dire « je brûle d'un feu intérieur ». C'est très poétique. Je te dis des choses très belles et très poétiques, alors que je suis sur mon lit de souffrance... Tiens, cette expression aussi est très belle, un lit de souffrance… Et toi tu ne relèves pas ! Tu ne dis rien. Tu me laisses souffrir en silence.

Que voudrais-tu entendre ? demande gentiment André, soucieux de ne pas commettre un nouvel impair.

Mais je ne sais pas moi, n'importe quoi, un mot qui me dirait que tu m'écoutes, pour ne pas me laisser seule à faire la conversation ! Mais voilà, tu ne dis rien, tes yeux sur tes mots croisés, à chercher ton mot de sept lettres !

André écarquille les yeux. Mais enfin Michèle, comment sais-tu que je cherche un mot de sept lettres ?

Mon pauvre André, tu es tellement centré sur toi-même que tu ne te vois pas compter sur tes doigts. Depuis tout à l'heure je te regarde, oui monsieur, je me demande quand est-ce que tu tourneras la tête vers ta femme mourante, et je te vois, guilleret, compter sur tes doigts comme un enfant content de lui.

Je me sens tellement seule parfois… tellement seule, et brûlant d'un feu intérieur sur mon lit de souffrance…

Michèle remonte le drap et se couvre le bas du visage.

Je ne veux pas te laisser cette image de moi. Ma pudeur m'en empêche. Je ne veux pas me montrer à toi dans cet état de dénuement. Laisse-moi. Laisse-moi seule affronter mes démons.

Tu veux que je sorte, ma petite Michèle ? demande André, trop heureux de s'extirper de la chambre-piège.

Mais enfin André tu le fais exprès ! Non je ne veux pas que tu sortes, c'est une figure de style, une litote ! Il faut savoir lire entre les lignes parfois ! Mais enfin tu n'as pas de sentiments ?

Si je ne te connaissais pas, je croirais que tu t'ennuies avec moi.

Tu n'as vraiment aucune sensibilité pour ne pas comprendre. Tu n'es qu'un homme. Voilà tout. Mais moi qui suis une femme, j'ai des sentiments, j'ai de la sensibilité, tu sais. Et face à toi… je me sens incomprise.

Tu me donnes l'impression de n'être qu'à moitié présent. Si tu crois que j'ai oublié… Je sais bien qu'il y a la soirée des voisins. On les entend d'ici.

Tu dois penser que tu serais mieux à t'amuser avec eux, que rester ici à me supporter. Seulement voilà. Je n'ai pas choisi d'être mourante spécialement ce soir, justement le soir des voisins.

Écoute je ne sais plus quoi te dire, André. Fais comme tu veux. Reste, pars… ne dis rien. Ne dis plus rien et laisse-moi souffrir. De toute façon que voudrais-tu dire qui puisse m'apaiser…

Sur mon lit de souffrance… Brûlée par un feu intérieur… Tout ceci est tellement beau et tragique… Tais-toi, va… ça vaut tout aussi bien.

Veux-tu que je remonte tes oreillers ? tente tout de même André, sans grande conviction.

20 h 27

André regarde la chambre, comme s'il la voyait pour la première fois. Les rideaux épais, aux teintes florales et rosées choisis par Michèle, le petit guéridon hérité de la mère de Michèle, et sur le guéridon des boites en bois vernis contenant les dents de lait de Michèle.

Un napperon brodé, une lampe en étain et un abat-jour vert. Au mur, face au lit conjugal, une peinture de bateaux et un masque mortuaire en plâtre. Celui de la mère de Michèle.

André avait eu du mal à s'habituer, au début.

L'idée de vivre les moments les plus secrets de sa vie de couple sous les yeux mornes et fixes de sa belle-mère l'avait plus d'une fois coupé dans son élan, l'empêchant d'accomplir son devoir conjugal. Le regard mortuaire effectuait une castration mentale efficace.

Il avait bien tenté de s'y opposer un jour, en déplaçant le visage froid et mort de sa belle-mère dans un coin de la chambre, un endroit moins visible que face à son lit, trônant au milieu du mur. Mais, en réponse à cette tentative de rébellion, le regard courroucé de Michèle l'avait comme séché sur place.

Puis André s'était habitué, au prix de quelques stratégies et d'une nouvelle organisation de sa vie intime : l'achat d'un paravent avait eu un effet salutaire pour enfiler sa tenue de nuit.

Un jour, alors qu'André se soustrayait du regard inquisiteur par cette cloison savamment orientée, Michèle avait lancé, l'air de rien « Tiens, j'ai appris qu'on pouvait peindre les masques mortuaires. Ceux que j'ai vus sont très bien faits, ils sont très vivants, on a vraiment l'impression d'être en face de la personne lorsqu'elle était encore en vie. »

Derrière son paravent, André avait tout d'abord marqué un temps d'arrêt. Il avait imaginé le visage de sa belle-mère des jours heureux, celui des grandes occasions, apprêté, maquillé, peinturluré. Le visage outrancier de celles qui ne se maquillent qu'à Noël, aux mariages, et aux fêtes de famille.

Alors, visualisant sa belle-mère dans cette caricature clownesque, pour la première fois de sa vie, il avait dit non. Pas un non geignard qui laisse la place à la négociation. Pas un non suppliant qui laisse, au mieux, l'autre accepter ce refus dans une bienveillance conciliante. Mais un non sec, définitif, décisif.

Il n'avait rien dit d'autre, enfilant son pyjama aux rayures marron choisi par Michèle pour son anniversaire. Il avait enfilé une jambe, entendu la requête de Michèle, marqué un temps d'arrêt, imaginé le visage de sa belle-mère, maquillé et réaliste – et pourquoi ne pas lui ajouter des boucles d'oreilles tant qu'on y est – et, la deuxième jambe en l'air, dans un équilibre incertain, une jambe rayée et l'autre nue, il avait dit : non.

D'une voix qu'il ne se connaissait pas. D'une voix que Michèle ne lui connaissait pas.

Ébahi par son aplomb et son audace, il s'était assis sur le petit tabouret. Derrière le paravent, il avait attendu la réaction de Michèle. Mais Michèle, choquée, n'avait rien dit. Rien.

Elle n'a plus jamais parlé du masque mortuaire, ni de maquillage, ni de boucles d'oreilles.

André, ce soir-là, était allé se coucher le premier. Il avait tiré la couverture sur son visage pour que ni Michèle ni le masque mortuaire ne voient son sourire, un sourire de stupéfaction, d'incrédulité. Le sourire de la victoire.

Cette nuit-là, il avait rêvé qu'il avait un sexe de cheval.

20 h 29

Et pourquoi pas des boucles d'oreilles ! hurle André.

Mais enfin qu'est-ce qu'il t'arrive André ? Ça ne va pas de crier comme ça, dans la chambre d'une malade, qui plus est ?

Excuse-moi, je m'étais assoupi, j'ai dû rêver...

Ah parce que tu dors ? Tu en as de la chance, j'aimerais tant pouvoir dormir... souffle Michèle, tandis qu'André, assis sur le bord du lit, tapote le front de sa femme d'un linge humide.

C'est de rester ainsi dans la pénombre toute la journée... je crois que c'est l'obscurité qui me fait dormir.

Michèle avait pourtant lâché du lest quand elle avait compris qu'André ne supporterait pas de rester des journées entières assis, dans le noir, à l'écouter râler.

Il lui fallait une occupation, elle l'avait admis à grands coups de soupirs.

Il avait réussi à négocier une petite fente de lumière entre les deux rideaux, trois centimètres à peine, qui laissait maintenant passer un faisceau de lumière lui permettant de se plonger dans ses mots croisés ou de faire la lecture à sa femme.

As-tu besoin de quelque chose ?

Oui André, tu es bien gentil, répond Michèle les yeux implorants. Je voudrais un peu de musique. Le bruit des voisins me déconcentre. Ils ont dû ouvrir leurs fenêtres. Tu peux mettre le *Requiem* de Brahms, j'ai préparé le disque, tu n'as plus qu'à le lancer.

Michèle déteste être dépendante de son mari, mais il faut bien avouer que cette machine à musique est capricieuse et ne fonctionne jamais comme on le souhaite. Après plusieurs tentatives, Michèle a capitulé. La machine ne veut pas d'elle.

La première fois qu'André avait débranché la prise du lecteur, c'était par inadvertance. Mais la jouissance intérieure de voir Michèle lui demander son aide, et la gloire d'être celui qui trouve la solution avait conduit André à garder cette manie facétieuse.

Jamais Michèle n'imaginerait qu'André s'amuse régulièrement à débrancher la prise pour le plaisir de l'entendre râler.

Pour le plaisir de l'entendre râler, mais aussi pour rester le maître absolu de quelque chose. Et maître de la musique dans cette maison, après tout, ce n'est pas rien.

Mets-moi donc le *Requiem* de Brahms, que l'ambiance soit plus gaie.

Et je voudrais aussi que tu prennes des notes pour moi. J'ai préparé un petit carnet que tu trouveras sur le guéridon. Je voudrais que tu prennes des notes parce que je n'ai pas la force de la faire. Je n'ai plus la force.

Je t'écoute, répond André, docile, le crayon à la main.

Alors voilà mon petit André. Ces jours difficiles m'ont permis de réfléchir. Pendant que tu batifolais et jouais aux mots croisés, vois-tu, j'ai fait de l'introspection. Oui. Malgré que je sois malade, mon esprit vagabonde et m'entraine dans des réflexions dont tu n'as pas idée.

Bien qu'agacé, André ne relève pas la faute grammaticale. Depuis tant d'années que Michèle dit « malgré que », lui révéler son erreur répétée aurait l'effet d'une bombe. Il se dit qu'il n'en a pas le courage. Un jour, peut-être... mais pas aujourd'hui.

Voilà. Quand je ne serai plus là, je souhaiterais que l'on fasse une petite cérémonie à mon intention.

André sursaute. Mais enfin Michèle, tu as une petite grippe... Ce n'est pas agréable mais il ne faut pas dramatiser la situation, ma chérie.

André sait pertinemment qu'il ne doit pas dire cela. Mais il est trop tard, les mots sont sortis tout seuls.

Le regard de Michèle est parfois plus violent qu'un torrent de mots.

Elle ne dit rien et attend qu'André baisse la tête.

André baisse la tête. En réalité il plonge dans ses mots croisés, et bute toujours sur ce mot de sept lettres.

Quand tu seras à ma place, un pied dans la tombe, on en reparlera. Maintenant si tu n'es pas prêt à noter les dernières volontés d'un être faible, dis-le-moi, je peux très bien me passer de toi.

André se demande intérieurement si ce n'est pas un titre de chanson. Il prend le petit carnet et note la date dans la marge.

Il relève la tête, signe qu'il est prêt à écrire.

Voilà. Je te remercie. Quand ce sera mon tour et que je ne serai plus là, il y aura une cérémonie, bien sûr. Chacun fera ce qu'on appelle mon éloge funèbre, comme c'est toujours le cas. Et j'ai remarqué que ces sortes de louanges, appelle ça comme tu le souhaites, sont parfois propices à des petites anecdotes humoristiques.

Alors, je ne suis pas contre l'humour, bien au contraire, j'aime l'humour et tu le sais.

L'humour est parfois le sel de la vie. Ce que je dis là est très beau, tu peux le noter dans ton petit carnet.

Donc j'aime rire, mais attention, je ne voudrais pas que certains en profitent pour dire des choses désagréables sous couvert d'humour. Ces sortes de petites piques totalement déplacées que l'on entend parfois lors des mariages ou lors des enterrements.

Alors voilà, j'ai eu une idée, je voudrais profiter d'être encore là et d'avoir toute ma tête pour vérifier ce que chacun va dire.

C'est pourquoi j'aimerais que tu contactes tout notre entourage pour leur demander d'écrire leur petit texte posthume. Je ferai les petites corrections si nécessaire, ce qui me permettra de valider tout ceci avant ma fin imminente.

André réfléchit, hésite avant de s'engager dans une voie qu'il sait sans issue, choisit chacun de ses mots, pèse et soupèse son intervention. Il sait comment va se terminer cette conversation. Il le sait. Mais il répugne à déranger chacun de leurs amis pour une grippe.

Il tente, avec beaucoup de pédagogie, de tendresse et d'amour, de ne pas vexer Michèle. André est un taureau dans l'arène qui lutte à armes inégales.

Il chuchote à peine, ose dans un souffle « Je ne vais pas affoler tous nos amis, tu vas bien, tu vas très bien, tu as une petite grippe, rien de plus ».

Il n'en fallait pas plus.

Sans surprise, Michèle se met à tousser, ses yeux ne cillent plus, exorbités en direction du plafond.

Elle ne parvient plus à respirer, fait de grands gestes, et pousse un râle.

Voilà dans quel état tu me mets, alors que je suis un pied dans la tombe, voilà que tu me pousses sans vergogne dans le précipice, mais enfin André tu ne sais pas qu'on ne doit jamais contrarier un mourant ?

Tu veux m'achever ?

20 h 46

André ne veut en rien contrarier Michèle, non André voudrait juste aérer un peu cette chambre dont l'odeur, depuis plusieurs jours, commence à devenir insupportable.

Ouvrir la fenêtre dans mon état ? Tu n'y penses pas, André, tu n'y penses pas.

Toute la semaine André avait tenté d'aérer discrètement. Il attendait un assoupissement de sa femme, se levait de sa chaise comme un sioux, marchait en crabe tout en évitant parfaitement les lattes de parquet grinçantes. Une fois devant la fenêtre, il serrait les dents et rentrait sa tête dans son cou comme pour amoindrir sa propre respiration, touchait la poignée, restait quelques secondes immobile et en apnée, tournait délicatement, millimètre par millimètre...

Et c'est à ce moment précis que, systématiquement, survenait le cliquetis de la poignée de la fenêtre. Un cliquetis pourtant à peine plus audible qu'un mouvement d'air, un cliquetis minuscule et presque imperceptible, mais un cliquetis quand même.

À ce bruit, Michèle ouvrait un œil, un œil perçant comme un aigle. André se rasseyait alors sur sa chaise, dos à la fenêtre, sous un regard noir et désapprobateur.

Eh bien tant pis, quand je serai morte, il pourra regretter tout son saoul, ce sera tant pis pour lui, et ce ne sera pas faute de l'avoir prévenu.

Je t'aurais prévenu André.

Prévenu de quoi ?

De rien, de rien, joue donc à tes mots croisés. Mais tu ne pourras pas dire que je ne t'avais pas prévenu.

Je ne te demande rien, tu sais. Je ne te demande rien. Tu peux partir. Je vais me débrouiller toute seule.

Mais enfin ma chérie, je suis heureux d'être là pour toi...

La réponse d'André semble redonner un peu de vigueur à Michèle qui se relève subitement dans son lit et tape rageusement son édredon pour lui redonner forme. André se réjouit que sa voix soit maintenant plus forte. Michèle semble reprendre des couleurs.

Eh bien moi non, mon petit André. Je n'ai pas besoin de quelqu'un qui fait de la figuration, qui en réalité pense à aller batifoler à la soirée des voisins, et ne m'accompagne en aucune façon dans mes dernières heures.

Et je trouve un peu déplacé de ta part d'oser annoncer que ce ne sont pas mes dernières heures...

Tu le sais mieux que moi, peut-être ? Tu es dans mon corps, tu sens les souffrances que j'endure ? Tu sens la fièvre prendre possession de tout ton être ?

Et ne te retranche pas derrière l'avis de ce médecin, qui était beaucoup trop jeune, et sans doute totalement inexpérimenté. Une grippe... enfin, soyons réalistes ! À mon âge, tu ne crois pas que je sais ce qu'est une grippe ? Je n'en suis pas à ma première grippe et je peux te dire que ça n'a rien à voir. Ce n'est pas une grippe, et je vous le prouverai. À toi et ton médecin !

Tu parles d'un médecin, d'ailleurs... je me demande même s'il a son diplôme. De notre temps les médecins étaient formés, on prenait le temps de leur apprendre leur métier... Celui-là était si jeune que je me demande bien ce qu'il a eu le temps d'apprendre.

Parce que je me suis renseignée, figure-toi, et je n'ai pas trouvé le même diagnostic du tout ! Alors bien sûr, je ne suis pas médecin, mais bon. Je ne serais pas la première erreur médicale non plus. Je ne veux pas finir comme la pauvre Jocelyne... Mais si. Jocelyne. Souviens-toi : elle aussi on lui avait dit que ce n'était rien. Et paf, en trois mois c'était plié !

Alors moi, on ne me la fait pas. Si je dois y rester, je veux affronter les choses en face. Et quand je dis les choses, c'est un euphémisme. Ou une litote, comme tu voudras. Si tu sais lire entre les lignes, tu comprendras que je suis prête à affronter LA MORT, André.

André sursaute quand Michèle lève subitement son index vers le ciel.

Écoute André, écoute bien ta petite femme courageuse. Je n'ai plus la force de me battre. Voilà. Je m'arrête là. Fin du chemin. Je vais pouvoir ressasser les périodes heureuses de ma vie en attendant les dernières heures. J'espère juste qu'elles ne seront pas trop douloureuses.

Mais avant que le rideau de ma vie ne tombe définitivement – cette phrase est très belle, tu devrais la noter dans ton petit carnet – je te demande une dernière chose que tu ne peux pas me refuser.

Oui Michèle ?

Je voudrais mettre mes petites affaires en ordre avant le grand départ.

Je voudrais voir un prêtre.

20 h 58

Comment cela, un prêtre... Un vrai prêtre ?

Bien sûr, un vrai prêtre ! Un vrai prêtre catholique de surcroit, avec sa robe noire et sa croix ! Et s'il te plait, André, ne me refais pas le même coup qu'avec le docteur : cette fois j'en veux un abouti, pas un jeunot qui ne saura pas tous ses textes.

Mais pour quoi faire ? s'inquiète André, déstabilisé.

Comment ça, pour quoi faire ? Mais André, c'est ce qu'il faut faire quand on s'approche de la fin !

André ne comprend pas, il trouve cette demande ubuesque. À tout bien réfléchir, il regrette la situation précédente et préfèrerait déranger ses amis pour des éloges post-mortem.

Ma petite Michèle, la fièvre te fait déraisonner. Je vais contacter nos amis pour la relecture de tes louanges funèbres. Tu avais raison, c'est une excellente idée, je vais les appeler de ce pas. André se lève d'un pas sûr.

André, il est trop tard, dit Michèle, retenant André d'une main sur son bras. Il est bien tard pour cela, je sens que j'ai franchi une étape supplémentaire vers mon chemin de fin. C'est l'heure où seul un prêtre peut encore quelque chose pour moi.

Mais enfin Michèle, nous ne sommes pas croyants ! s'affole André, qui ne comprend plus la situation.

Michèle se relève dans son lit. Sa voix est grave tout à coup. Elle tapote son traversin énergiquement.

Eh bien, parle pour toi, mon ami. Bien sûr que je suis catholique !

L'étonnement fait place à la stupéfaction. André ne reconnait pas sa petite Michèle. Peut-on passer toute une vie aux côtés d'une personne sans la connaitre vraiment ?

Mais enfin Michèle, en cinquante ans de mariage, tu ne me l'as jamais dit ! rétorque André.

Et bien je vis dans la discrétion. Ce n'est pas parce que tu t'étales à tout va qu'il faut penser que tout le monde fonctionne comme toi. Il y a des gens qui sont dans la retenue, figure-toi.

Et puis on n'a pas besoin d'être chrétien pour préparer sa fin de vie. Je voudrais voir un prêtre, c'est bête comme chou, je ne vois pas pourquoi je devrais me justifier, et surtout je ne vois pas pourquoi je n'y aurais pas droit, comme tout le monde !

Quand nous nous sommes mariés, tu y as trouvé quelque chose à redire de m'emmener à l'église ? Non... et je vais te dire pourquoi : on peut dire tout ce qu'on veut, un mariage dans une église c'est autre chose. Ça a plus de cachet, plus de style, plus de... de classe.

Un enterrement c'est la même chose. C'est quand même plus grandiose que le trou directement.

Ça marque plus les esprits. C'est plus festif. C'est carillon et compagnie.

Tiens, tu peux noter dans le petit carnet : je voudrais bien qu'on fasse sonner les cloches en mon honneur pour mon enterrement.

Je suis désolée que tu sois choqué mon petit André, mais je ne suis pas comme toi, à vivre les choses petitement. Je refuse la mesquinerie. Pour moi, c'est l'église ou rien.

Et puis ce sera très bien pour mon éloge funèbre. C'est tout de même plus chic que debout dans un cimetière.

Quand je repense à l'enterrement de Jocelyne, j'en ai froid dans le dos. Nous étions, quoi... une trentaine ? Debout, comme des bêtas, les bras ballants, à écouter une musique sur un transistor. Les gens pleuraient mais... je ne sais comment dire, l'émotion n'était pas palpable. Voilà. Tout était dans une sorte de retenue. Je voudrais un peu plus de... je ne sais comment dire... de grandiloquence.

Pauvre Jocelyne. Quand je pense à la réception… ce n'était pas mieux ! Nous étions trop serrés dans sa petite maison, les biscuits étaient trop secs, le tiramisu de la voisine était raté comme à chaque fois, il faisait un froid de canard, enfin, rien n'allait. Non, vraiment j'en ai honte pour elle, son enterrement était un véritable fiasco.

Enfin. Paix à son âme tout de même.

Mais le constat est là : on fait les choses en grand ou on ne les fait pas. Ce n'est pas la peine de mourir si on doit le faire à moitié. Enfin… tu me comprends.

Bien sûr qu'André comprend. Comprend qu'il va devoir sortir dans la nuit. Qui sait où ça se trouve, un prêtre… en pleine journée on peut très certainement en trouver dans une église, mais en pleine nuit ! Vraiment Michèle, ma petite Micheline, je ne sais pas où sont les prêtres, et cette situation me parait compliquée… Je peux peut-être les écouter, moi, tes dernières volontés ?

Enfin André ce n'est pas la même chose, ne fais pas ton bêta. Et cesse de m'appeler Micheline, c'est ridicule. Il me faut une confession en bonne et due forme. Avec un vrai prêtre. Moi non plus je ne sais pas où sont les prêtres la nuit. Ils doivent probablement se regrouper quelque part, tous ensemble ? Ou au contraire, le soir, chacun rentre chez soi ? Dans tous les cas il doit bien y avoir un service de garde, une sorte d'appel d'urgence. Je ne dois pas être la seule à mourir la nuit… Tu n'as qu'à appeler la police municipale, ils te donneront sans doute un numéro.

La police ? Mais je vais les déranger ! En pleine nuit en plus…

Écoute André, je suis en train de mourir, et toi tu t'inquiètes de déranger les gens. Excuse-moi mais nous n'avons pas les mêmes priorités dans la vie. Je vais finir par appeler moi-même, tu sais !

André approche le téléphone vers Michèle.

Mais enfin André, je disais cela en l'air, c'est une litote ! Ce n'est pas à moi d'appeler ! C'est tout à fait indécent, ça ne se fait pas ! Tu réfléchis parfois ? As-tu déjà vu le mort appeler lui-même les secours ? Je me demande parfois comment je fais pour te supporter. Je le dirai à confesse. Il faut bien te supporter, tu sais.

DEUXIÈME PARTIE

22 h 02

Eh bien, ce n'est pas trop tôt... Cela fait plus d'une heure que j'attends. J'aurais pu mourir mille fois. C'est une chance que je sois encore là.

Notez bien que je ne dis pas cela pour vous, bien sûr. C'est mon mari André qui a dû traînasser en route, comme à son habitude.

Mais tout est bien qui finit bien, et je suis heureuse de vous voir...

Bonjour monsieur. Je vous en prie, asseyez-vous.

Dites-moi, vous n'avez pas de robe noire ? Vous êtes sûr que vous êtes bien curé ?

Je m'attendais à une robe noire. Avec une belle croix par-dessus, comme dans les films. Mais je vois que vous êtes habillé comme tout le monde.

C'est un peu décevant à vrai dire. Enfin vous avez la croix, c'est déjà ça. Enfin je veux dire. C'est bien, c'est très bien. C'est plus moderne...

Même si personnellement j'aime bien la robe noire. C'est plus élégant. Surtout dans ce genre de circonstances. Je veux dire : ce n'est pas tous les jours qu'on voit un prêtre, et ça m'aurait fait plaisir de marquer le coup avec une tenue qui sorte de l'ordinaire.

Parce que André... André c'est mon mari, celui qui vous a amené jusqu'ici.

André m'avait proposé de me confesser lui-même, figurez-vous. Mais je lui ai dit que justement je ne voulais pas quelque chose d'ordinaire. Je voulais de la classe et de l'élégance. Les grandes pompes et la robe noire. Enfin je me comprends. Tant pis. Commençons.

Comment est-ce que je dois vous appeler : mon père ? Très bien.

C'est amusant car malgré mon âge avancé, vous pourriez vraiment être mon père ! Ne le prenez pas mal, c'est tout aussi bien.

Parce que figurez-vous que André a fait venir un médecin cette semaine... Enfin quand je dis médecin ! Quelqu'un qui SE DISAIT être médecin... Il était si jeune qu'il n'en était pas crédible.

Et vous c'est tout le contraire ! Enfin je me comprends. Passons.

Comme je suis heureuse de pouvoir faire les choses correctement, de tout faire comme il se doit. Vous savez, ce n'est pas pour le plaisir que je vous ai fait venir… Contrairement à ce que pense André.

Je ne sais pas ce qu'il vous a dit dans mon dos, comment il a présenté les choses… Il ne me prend pas au sérieux, je le vois bien. Il vous a dit quelque chose ? Il vous a dit que j'étais mourante, ou bien il a encore minimisé mon état ?

Encore aujourd'hui, rendez-vous compte : il m'a traitée de « petite grippe » !

Tout ça parce qu'un soi-disant médecin, je dis soi-disant parce que franchement vous auriez vu son jeune âge, vraiment, j'avais du mal à l'appeler docteur… Enfin, cela, je vous l'ai déjà dit.

Un soi-disant médecin aurait affirmé que j'avais une soi-disant grippe. Mais enfin à mon âge, franchement… on ne va pas m'apprendre c'est qu'est une grippe !

Vous ne dites rien. Vous priez ? Je ne sais pas si vous êtes bien installé, tout courbé sur cette chaise. Remarquez, je ne critique pas, être courbé à votre âge, c'est bien naturel.

Pardon, je ne veux pas vous déconcentrer.

Et puis je suis d'accord avec vous. Parfois, mieux vaut se taire.

Vous connaissez Jocelyne ? Jocelyne Legrand. Je ne vous ai pas encore parlé de mon amie Jocelyne. Elle aussi, les médecins lui ont dit que ce n'était rien ! Et paf, en trois mois c'était fait !

Alors moi on ne me la fait pas.

Enfin, vous n'êtes pas là pour parler de Jocelyne, et nous avons du travail. Enfin, surtout vous, parce que c'est votre travail. Après tout, pas moi. Je veux dire, moi ce n'est pas mon travail. C'est mon… comment dire… mon devoir de citoyenne.

Ce n'est pas par plaisir que je vous ai fait déplacer, vous pouvez en être certain. Je n'ai vraiment aucune envie de divulguer ma vie, et encore moins à un inconnu. C'est vraiment par acquit de conscience que je vous ai fait venir.

Bon. Allons-y, plus vite on aura commencé, plus vite on aura fini.

Mon Père, pardonnez-moi parce que j'ai pêché.

Excusez-moi, c'est la seule phrase dont je me souviens. Je dois dire autre chose après ? Je veux dire… comme phrase obligatoire ?

Vous ne dites rien. Très bien, je commence.

Mon Père, pardonnez-moi parce que j'ai pêché.

J'ai pêché, oui ça c'est sûr et certain. Enfin… pas plus que tout le monde, non plus, il ne faut pas exagérer. Donc j'ai pêché, nous pouvons nous mettre d'accord là-dessus, mais si je réfléchis bien à la question, j'ai quand même souvent pêché sans faire exprès.

D'ailleurs, je voulais vous demander une chose... Enfin j'aimerais bien avoir un avis officiel : si c'est sans faire exprès, est-ce que vraiment ça compte ? Je veux dire, si je fais un péché mais que je n'avais pas vraiment l'intention de faire un péché ?

De mon point de vue, ça ne devrait pas compter... Parce que sans vouloir vous offenser, on n'est pas vraiment responsable de ce qui nous arrive sans qu'on l'ait décidé. Non ?

Vous ne dites rien. C'est drôle, on dirait une séance chez le psychiatre. Enfin je ne suis jamais allée chez un psychiatre, non je ne suis pas folle, et je ne voudrais certainement pas que vous pensiez le contraire. Mais j'ai déjà vu dans des films, par exemple, que le patient parle et parle et parle, et le médecin ne dit rien. Exactement comme nous. Enfin je ne suis pas folle et je n'ai jamais vu un psychiatre de ma vie, j'espère que vous l'avez bien noté.

Donc pour en revenir à ma confession, on est bien d'accord, tout ce qui a été fait à l'insu de mon plein gré, je ne le dis pas.

Bon. Excusez-moi, je réfléchis à voix haute.

Parce que si je dois déduire tous les péchés que je n'ai pas fait consciemment… Ça en enlève beaucoup tout de même. Tant mieux, c'est déjà ça de gagné.

Il en reste, bien entendu. J'y viens, j'y viens.

J'espère que vous n'êtes pas de nature impatiente, c'est que j'aime faire les choses correctement, vous comprenez. Surtout dans ce contexte. Ce n'est pas tous les jours qu'on se prépare au grand départ. C'est pour cela que j'aurais apprécié la robe noire. Enfin, passons.

Avant de commencer, je voudrais bien vous poser une question.

On est bien d'accord que les péchés commis à l'insu de notre plein gré ne comptent pas. Mais si je vais par là, est-ce que si on est poussé par quelqu'un d'autre à commettre un péché, ça compte aussi ? Je me demande : qui est responsable ? Celui qui pêche, ou celui qui a poussé l'autre à pêcher ?

Ah. Votre silence est éloquent !

Vous voyez bien, ce n'est pas toujours évident.

Qui est responsable ? L'instigateur, ou le pauvre bougre, poussé à la faute ?

Je vous dis cela, parce que voyez-vous, mon mari André par exemple. Il n'est pas méchant, non, c'est un bon mari et je ne m'en plains pas. Mais voyez-vous, souvent il me pousse à la faute.

Par exemple concrètement, il est souvent exaspérant. Je vous assure.

Donc une fois que je suis exaspérée, j'avoue avoir un peu moins de patience. Je pêche par... comment on dit déjà chez vous... par colère. Voilà. Sauf que la colère, c'est une émotion. Et on ne peut rien contre les émotions.

Les choses ne sont pas simples, je ne peux pas me confesser d'un état qui me tombe dessus, et qui m'est imposé par André, de surcroit !

Vous ne dites rien. Mais enfin, dites quelque chose ! Ce n'est déjà pas très agréable d'aller à confesse, mais alors si vous ne dites rien, franchement, c'est le pompon.

Bon.

Ma dernière confession remonte à tellement loin, je ne me souvenais pas que le curé restait silencieux. Vous priez ?

Très bien. On va dire que vous priez.

Qui ne dit mot consent. Je vous préviens que si vous ne dites rien, vous êtes d'accord avec moi.

Je disais donc que mon mari André me pousse à la faute.

On dit que le mariage aide à devenir bon, et bien franchement, je pense que ça dépend avec qui on est marié.

Alors ça, c'était le premier point. Donc la colère, c'est fait.

Pouvez-vous me rappeler un autre point, après la colère ?

Mon catéchisme remonte à loin, vous savez.

Ah oui je me souviens, il y a aussi la gourmandise.

Alors celui-là, excusez-moi de vous le dire, mais il est vraiment daté du Moyen Âge. Je ne critique pas, il doit bien avoir une raison qui explique qu'à une certaine époque, la gourmandise était un péché.

Mais entre nous, il n'y a vraiment rien de mal à être gourmand. Au contraire, être gourmand c'est aimer la vie. Vraiment je pense que la gourmandise devrait être retirée de la liste. Si vous en avez l'occasion, vous pourrez faire passer le message à qui de droit.

Je ne voudrais pas que vous pensiez que je m'arrange pour ma confession, alors là pas du tout. Ce n'est pas dans mon caractère.

Et puis je ne suis pas très gourmande.

Ou alors pour les petits chocolats roses à l'alcool.

Enfin les chocolats ne sont pas roses, c'est l'emballage qui est rose. Les chocolats sont de couleur marron, comme tout chocolat qui se respecte.

Le fromage, aussi. J'aime bien le fromage.

Surtout le fromage à croûte. D'ailleurs je mange tout, même les croûtes.

Je suis même capable de manger les croûtes d'André ! Parfois, après le repas, en débarrassant la table, je mange les croûtes restées dans son assiette. Mais enfin, manger des croûtes qui partent à la poubelle, ce n'est pas un péché. Au contraire.

Voilà pour la gourmandise. Donc on a fait colère, gourmandise... Ah oui, la luxure !

Alors la luxure vraiment, cela ne me concerne pas.

Durant toute ma vie, avec André, nous avons bien fait les choses. Pendant longtemps nous avons fait la chose le samedi matin, car c'est le jour où nous avions le plus le temps.

Sauf quand les jours de marché ont changé.

C'était dans les années 2000. Je ne saurais pas vous dire exactement.

Les primeurs ont insisté pour ajouter le samedi matin aux autres jours. Et pour moi c'était beaucoup plus pratique, car le samedi matin, au marché, tout le monde est là ! On y croise tout le voisinage, mes amies, et les primeurs sont beaucoup mieux achalandés ce jour-là.

Donc j'ai pris mes petites habitudes le samedi matin, et nous avons reporté notre rendez-vous conjugal le vendredi matin. De toute façon nous étions déjà à la retraite à cette époque, donc finalement décaler d'un jour n'était pas si inopportun.

Après cela, nos rendez-vous se sont un peu espacés. Et aujourd'hui… il nous reste la tendresse.

Vous savez, notre couple vieillit, mais les petites rides qui s'accumulent ne font que représenter tous les chemins que nous avons parcourus ensemble.

C'est ma voisine qui m'a dit ça.

Ma voisine est un peu ridicule. Mais enfin. Ça ne fait de mal à personne.

Alors ensuite, qu'est-ce qui nous reste… l'avarice ? Alors l'avarice ce sera rapide, car avec André qui est un vrai panier percé, je dirais qu'il serait dangereux, voire criminel, que je ne sois pas un tant soit peu raisonnable. Alors l'avarice si vous voulez, mais imposée par le contexte d'être mariée à André, vous vous adresserez directement à lui.

Ensuite la paresse, ce n'est pas pour moi non plus. Puis l'orgueil et l'envie… Excusez-moi je réfléchis tout haut. Dites donc, mais c'est épatant ! Je les ai tous retrouvés ! Toute la liste des péchés intacte, comme au temps de ma jeunesse ! Et moi qui étais persuadée d'avoir tout oublié, si on m'avait dit…

Et bien ça me fait rudement plaisir. C'est peut-être un détail, mais à mon âge, garder une telle mémoire, vraiment, j'en suis ravie. Ce n'est pas comme Aimée... Aimée, c'est ma voisine. Enfin C'ÉTAIT ma voisine. Avant le drame. Vous savez bien, l'accident d'autocar. On en a parlé dans les journaux.

Eh bien, figurez-vous qu'Aimée perdait un peu la tête les derniers temps. D'ailleurs au scrabble, je gagnais toutes les parties. Vraiment toutes les parties ! Elle ne l'a jamais admis, mais moi je peux vous dire que nous n'avions pas les mêmes capacités, ah ça non ! Et d'ailleurs, si elle était encore en vie, je suis sûre qu'elle le nierait ! Une telle mauvaise foi est vraiment un fardeau pour les autres, vous savez.

Enfin bon, paix à son âme.

Voilà, nous avons fait le tour de la liste.

Comme vous le voyez, je ne suis pas une mauvaise personne, et je veux bien jouer votre jeu et accepter la pénitence. Si c'est mon heure, je dois bien m'y préparer. Même si...

Même si ce n'est certainement pas moi qui aurais le plus à dire.

Enfin, je ne voudrais pas avoir l'air de dire du mal en pleine confession.

Sauf si vous insistez.

Vous ne dites rien.

Sans vouloir être médisante, je vous assure que je ne suis certainement pas celle qui aurait le plus besoin de se confesser dans cette rue !

Eh bien voilà, c'est dit. Je suis désolée.

Je suis désolée mais c'est la stricte vérité. Vous n'imaginez pas tout ce qui peut se passer dans une petite rue comme la nôtre. Une petite rue de rien du tout, un quartier calme en apparence... Et pourtant, dans cette rue des Beaumonts, je suis parfois un peu obligée de montrer mes griffes. Comme dit le proverbe, trop bon trop... vous savez bien. Je ne voudrais pas vous choquer, mais c'est la vérité.

Parce que ma voisine du 17 par exemple, vous la voyez parfois à confesse ?

Oui je sais bien, vous êtes comme les médecins, vous n'avez pas le droit de me le dire... Mais enfin je sais bien que vous ne la voyez pas souvent. Et pourtant je peux vous dire qu'elle en aurait des choses à dire, elle.

Je ne veux pas parler pour elle, mais enfin quand on ne sait pas tenir son mari, qu'on le laisse batifoler à droite à gauche, qu'on a l'air de s'en ficher éperdument, excusez-moi mais il y a comme un laisser-aller.

Et puis enfin, elle avait grossi... et ça, pour une femme, c'est quand même une faute. Enfin je ne dis pas que tous les gros sont en faute, mais pour une femme mariée, je ne sais pas. C'est quand même un pousse-au-crime.

Moi je dis que quand on veut tenir son homme, il faut le tenir. Voilà tout.

Et les hommes du 29 ? On dit qu'ils sont cousins. Ce sont des bruits qui courent. La rumeur dit qu'il ne s'agit pas de cousins en réalité ! Et cette histoire de liens familiaux serait plutôt une couverture.

Vous ne dites rien ?

Quand je dis qu'ils ne sont pas cousins... vous comprenez ?

Je veux dire, deux hommes, qui vivent ensemble... SOUS LE MÊME TOIT ! Je veux dire... comment vous dire cela sans vous choquer... Tout porte à croire qu'ils soient... enfin bon, vous n'allez pas m'obliger à dire le mot !

Tout cela est d'une vulgarité. Et vous, vous ne dites rien.

Mais enfin, ce n'est pas à moi à être choquée, et cela ne me regarde pas. Mais vous, quand même : vous pourriez tout de même aller leur dire deux mots !

Je suis choquée de votre silence. Vous ne réagissez pas comme vous le devriez. Déjà que vous ne portez pas la robe noire... Je me demande si vous êtes vraiment curé. J'ai comme un doute.

Vous savez, si vous ne tenez pas votre rôle, il ne faut pas vous étonner que vos églises soient vides.

Je vais vous dire une chose, et vraiment je vous dis cela en toute amitié pour votre fonction : ce n'est pas comme ça, courbé sur votre chaise à prier, que vous allez les remplir, vos églises.

Je ne veux pas avoir l'air de vous donner des conseils. Mais vous seriez un peu mieux écouté si vous étiez un peu plus... un peu plus présent.

Vous voyez par exemple vous ne dites rien depuis tout à l'heure. Déjà vous ne dites rien sur mon mari alors que vraisemblablement il me pousse au crime, vous ne dites rien sur la voisine non plus, alors bien sûr vous allez invoquer votre devoir de réserve, appelez ça comme vous voulez, moi je dis qu'on est entre nous, tous seuls tous les deux, vous savez bien que tout ce que vous me dites ne sortira pas d'ici, mais enfin une petite discussion, je ne sais pas moi, pour briser la glace, pour me mettre à l'aise...

Mais non, surtout ne rien dire, et me laisser parler, parler, parler toute seule, comme une pauvre femme, alors voilà, vous vous dites sûrement qu'une bonne femme a besoin de parler, c'est ça bien sûr, c'est bien connu, les femmes sont bavardes et versatiles, et bien vous savez ce que j'en pense, moi ?

Je pense que ce genre de pensée appartient au passé, oui monsieur, curé ou pas, tenir ce genre de pensée dans votre tête, c'est tout bonnement de la misogynie. Et cela ne m'étonne pas au vu de votre situation, oui tout le monde sait bien que l'Église est peuplée de misogynes.

Et voilà pourquoi vous ne dites rien quand il s'agit de deux hommes. Ah si ça avait été des femmes, ça vous aurait gêné bien sûr !

Mais je vais vous dire ce que j'en pense : ce n'est pas du tout ce que j'attends d'une confession, et surtout pas quand il s'agit de la dernière ! Mais que faites-vous des dernières volontés, sacrées, du mourant ? Vous vous en fichez, voilà tout.

Et bien je vais vous dire une bonne chose : je ne vais pas me confesser. Je retire tout ce que j'ai dit, et voilà ce que vous aurez gagné, tant pis pour vous, je me réserve pour le prochain curé si j'en trouve un plus agréable, et je ne vais pas me gêner pour me plaindre à votre supérieur.

J'irai voir l'évêque s'il le faut, et même le pape.

Non mais je vous jure, on n'a jamais vu ça.

Eh bien écoutez, j'ai une mauvaise nouvelle pour vous, non seulement je ne me confesse pas, mais vous avez aussi perdu un sacrement des malades. Notre petite discussion m'a ragaillardie et l'idée de me plaindre me redonne de la vigueur. Je ne me suis jamais sentie plus en forme.

Ah ! Vous voilà bien silencieux tout à coup, monsieur le curé ! Je me demande si vous priez vraiment depuis tout à l'heure, tout courbé sur votre chaise... Monsieur ? Mon père ? Mon père ! Mais pourquoi vous ne bougez pas ?

Oh mon Dieu !

TROISIÈME PARTIE

22 h 55

André… dit Michèle dans un souffle.

André, répète Michèle d'un air grave.

André ! hurle Michèle, d'un air exaspéré, excédée par le silence d'André.

Mais André ne répond pas et reste calme, concentré par sa tâche.

Si on m'avait dit que je devrais un jour déplacer un corps inerte, comme un vulgaire malfrat, sous mon propre toit…

Et moi, si on m'avait dit qu'un homme de Dieu finirait dans mon lit ! ajoute Michèle.

Nous n'avons pas le choix, ma petite Michèle, il faut bien mettre cet homme quelque part. Nous n'allons pas le laisser recroquevillé sur sa chaise. Il va prendre un mauvais pli et ne rentrera pas dans son cercueil.

On voit bien que ce n'est pas dans ton lit que l'on met un mort !

Michèle se met à trembler.

André, c'est une catastrophe. Une véritable catastrophe. Un homme de Dieu qui plus est. Sous notre propre toit. C'est un signe. Un mauvais présage. Je le savais bien. Je te l'avais dit que la mort rôdait ces derniers temps. Alors toi et ton soi-disant médecin... avec votre petite grippe. Je le savais bien moi, que ce n'était pas une petite grippe, et qu'un malheur allait s'abattre sur nous. Je te l'avais dit, non ? J'en ai même la preuve, je te l'avais fait noter dans ton petit carnet. Tu l'as bien noté dans ton petit carnet, André ?

André n'entend pas, concentré sur sa tâche difficile. Après de longs efforts, il relâche le corps sur la chaise, dans sa position initiale.

André réfléchit. Je vais procéder en deux temps. Je vais d'abord transporter le haut du corps. Les jambes seront moins lourdes toutes seules.

À cette idée, Michèle se met à crier, affolée. Tu vas lui couper le corps en deux ? André je ne pense pas que ce soit une bonne idée. Moi vivante, on ne coupera pas un prêtre dans ma maison !

André relève la tête, surpris qu'une telle idée macabre vienne de sa femme.

Michèle, cette situation nécessite du sang-froid. Je vais tout simplement basculer le haut du corps sur ton lit, et... ODIEUSE !

Je te demande pardon, André, je crois avoir mal entendu. Mais enfin qu'est-ce qui te prend ?

Odieuse ! Le mot de sept lettres ! Comme je suis content ! Depuis tout à l'heure je ne voulais pas t'inquiéter, mais j'étais chiffonné pour tout te dire. Jamais un mot ne s'est autant fait attendre. Parce qu'en réalité, j'ai commencé cette grille la semaine dernière, donc je me doutais que c'était un mot simple, mais va savoir pourquoi, parfois, quand ça ne vient pas, ça ne vient pas. Le mot se cache et ne se laisse pas attraper, on sait pourtant pertinemment que c'est un mot simple, un mot qu'on pourrait employer tous les jours... Et puis les mots croisés, il faut bien l'admettre, ce sont quand même souvent les mêmes qui reviennent... Alors, je me doutais que j'allais le trouver, mais de là à attendre une semaine, j'avoue que je commençais à m'impatienter un peu. Odieuse... odieuse... C'est pourtant un mot qui m'est familier, j'aurais dû y penser plus tôt, bien sûr... Mais où sont mes mots croisés, je suis persuadé de les avoir laissés sur la chaise. Décidément, cette grille ne se laisse pas faire, ahah ! Mais je vais te retrouver petite coquine, et je vais écrire ce fichu mot qui m'a tarabusqué pendant tous ces jours.

André, dit Michèle sèchement. Tu es conscient que tu es guilleret alors qu'il y a un mort dans cette pièce. Et pas n'importe quel mort. Un mort de Dieu ! Et toi, tu cherches tes mots croisés. Crois-tu vraiment que ce soit le bon moment pour faire éclater ta joie ?

André regarde Michèle, qui se tient debout face au lit, le corps droit et raide, les lèvres pincées, signe ostensible de son mécontentement. Une image lui saute aux yeux : quand elle pince les lèvres ainsi, Michèle ressemble étrangement à feue sa mère. André regarde Michèle, il regarde le masque mortuaire, il regarde Michèle, et se demande tout à coup s'il ne croit pas en la réincarnation.

Dommage que le prêtre soit mort, je lui aurais bien posé la question.

Écoute, reprend Michèle, les lèvres toujours pincées (André jette un regard furtif pour voir si les lèvres du masque bougent en même temps), André, je crois que nous n'arriverons à rien. Tu n'es pas très épais. C'est un problème. Non, ce n'est pas un problème en soi, mais dans notre situation, j'aurais préféré que tu sois un peu plus... viril. Et cette fois, ce n'est pas en mettant deux pulls l'un sur l'autre que l'on va s'en sortir.

Tu vas aller à cette petite fête des voisins, depuis le temps que tu en rêves. Non, ne dis rien, ta lassitude à rester avec moi ce soir, l'oreille tendue vers les bruits de la rue, était palpable. Tu vas y aller en toute discrétion, et exposer notre problème au colonel. Je pense que c'est l'homme de la situation. Il saura quoi faire.

Quand je dis en toute discrétion, j'insiste bien. Je n'ai pas envie que tout le monde sache ce qui nous arrive. Lancer des ragots sur nous et notre maison, non merci. Déjà que ça porte malheur, ce n'est pas la peine d'en rajouter. Encore plus avec un prêtre. Que vont penser les autres ? Qu'on vient mourir chez nous ? Vraiment André je te demande d'être discret.

Allez file, pendant ce temps je vais t'attendre dans la cuisine.

23 h 13

Je suis tout de même mieux ici derrière mon rideau pour attendre le retour d'André.

La bienséance ne m'oblige en rien à tenir compagnie à un macchabée.

Que je ne connais pas, qui plus est.

Si encore il était de ma famille... mais enfin, un parfait étranger... J'en ai froid dans le dos. Tiens, voilà André. Si je me penche suffisamment, je devrais pouvoir le suivre des yeux jusqu'à la porte des voisins.

Mais quelle histoire ! Dire que l'on pense vivre dans une petite rue tranquille. Eh bien non. Voilà qu'on vient y décéder en toute impunité.

Mais pourquoi André a-t-il fait venir un prêtre aussi vieux... Quelle idée ! Franchement.

C'est ça, le problème de l'église. Ils devraient repenser le système de recrutement. Dans n'importe quelle autre entreprise on réagit, on fait des licenciements, on placardise. Parce que là, on se retrouve avec des situations qui ne sont pas reluisantes. Pour l'image de l'entreprise, c'est une catastrophe. Ce n'est pas du tout vendeur.

Je t'en ficherai moi, d'une telle confession. Enfin. Ça me fera toujours quelque chose à raconter.

Heureusement, le colonel saura sûrement quoi faire. C'est vraiment l'homme de la situation. Lui, les morts, ça ne l'impressionne pas.

Alors que moi, voir un mort, ça m'angoisse. Je ne sais pas pourquoi.

Voilà André qui sonne à la porte des voisins. Pourvu qu'il sache rester discret.

Je vois mal. C'est pénible. Voilà. Il est entré. Je n'ai plus qu'à attendre.

Je suis sûre qu'André ne va pas dire ce qu'il faut. On ne peut pas compter sur lui. J'aurais dû y aller moi-même. André est vraiment trop… je ne sais pas… trop.

Quoique.

À bien y réfléchir, je ne sais pas s'il est trop, ou pas assez.

Peut-être pas assez, finalement. C'est facile de dire qu'il serait trop. C'est un peu lui chercher des excuses. Il n'est pas assez, et voilà. Autant assumer en toute simplicité ses manquements. Ce n'est pas méchant que d'être réaliste. Est-ce un mal ? Il faudra que j'y pense à ma prochaine confession. Enfin si je me décide. Parce que ce prêtre-là n'a pas vraiment été bon en communication.

Bien sûr, s'il était déjà mort tout ce temps, c'est différent. Mais il aurait pu faire un geste, ou un bruit, qui me mette sur la piste… Plutôt que de me laisser parler ainsi, toute seule, comme une vieille folle. Je ne suis pas folle, ah ça non. Je lui ai dit d'ailleurs, je lui ai bien dit.

Je me demande s'il était encore présent à ce moment-là. Qu'a-t-il entendu de ma confession ?

Dire qu'il faudra que je recommence tout depuis le début. Tout ça à cause d'un prêtre qui se permet de venir mourir chez les gens. Je sais bien qu'il n'a pas fait exprès, mais enfin, on le sent venir, quand même. On se retient. On reste chez soi. On ne met pas les autres dans un tel embarras.

Tiens voilà la porte des voisins qui s'ouvre. Le colonel et ses gros muscles. Très bien. Au moins avec lui, on pourra transporter le corps. André le suit en trottinant. C'est sûr qu'ils n'ont pas la même allure.

Mais ! Pourquoi se retourne-t-il ? Ma parole, ce sont les deux soi-disant cousins. Mais que font-ils ? Pas de ça chez moi ! Voilà Blanche, Julie-Lys et son bébé en bandoulière, mais que font-ils, en rangs serrés, en direction de ma maison ? Et le voisin du 29, celui dont on oublie toujours le nom ! Alors ça, c'est le pompon !

Et moi qui n'ai pas fait ma mise en plis ! Je suis encore en tenue d'intérieur, c'est tout à fait indécent ! Oh, mon Dieu, dites-moi que ce n'est pas vrai… André qu'as-tu fait ?

Quand je disais que j'aurais dû y aller moi-même… Je t'en ficherais moi, de la discrétion !

Fichu André.

23 h 23

Il n'y a pas à dire, la présence d'un homme est rassurante. Voilà ce à quoi pense Michèle en entendant la bruyante troupe arriver. Elle noue à la va-vite un fichu sur sa tête lorsque le colonel ouvre violemment la porte en hurlant.

Où est ce corps ?

Michèle se dit qu'il ne faut pas théâtraliser non plus. D'autant que le corps est toujours en plein milieu de la chambre, assis sur sa chaise, en position de prière.

Bonjour mon Colonel, dit Michèle en baissant la tête dans une sorte de révérence. Michèle a toujours eu une dévotion particulière pour les hommes de combat.

Michèle cherche André du regard, tandis que tous les autres se bousculent en entrant dans la chambre, se poussant des épaules pour être dans les premiers.

— C'est la première fois que je vois un mort.
— C'est bizarre, il a l'air vivant. On dirait qu'il dort.
— Vous êtes sûrs qu'il est mort ?

Michèle regarde le colonel soulever le corps d'un seul bras, et le poser délicatement sur le lit.

Voilà un homme qui sait manier la puissance et la douceur. Pas comme certains. Michèle est déçue, car dans le brouhaha général, André ne semble pas l'avoir entendue. Elle répète. Voilà un homme qui sait manier la puissance et la douceur. PAS COMME CERTAINS.

André n'est pas fier. Il garde les yeux au sol pour ne pas croiser le regard d'aigle royal courroucé. Par la même occasion, il cherche discrètement ses mots croisés.

Et maintenant, qu'est-ce qu'on fait ? demande une voix à peine audible au milieu du brouhaha.

Il faut cacher le corps, répond le colonel d'un ton sans appel.

Michèle sursaute, horrifiée. Mais enfin pourquoi ? Nous n'avons rien fait, nous ne sommes pas coupables de sa mort !

Justement, on ne vous soupçonnera pas. C'est parfait. Je propose qu'on l'enroule dans les draps et qu'on aille discrètement l'enterrer dans le square aux chats, au bout de la rue. André, avez-vous une bêche ?

Personne n'ose répondre au colonel. Mais dans cette assemblée, mi-effrayée, mi-excitée de braver les interdits, Michèle s'avance. Seule face à l'autorité qu'elle respecte pourtant.

Mais vous êtes fous ? Comment est-ce que je vais récupérer mes draps après ça ? Ce sont des draps de famille, monsieur, des draps anciens comme on n'en fait plus, en belle toile rustique et souple, et brodés qui plus est. Des draps qui ont appartenu à ma mère !

Julie-Lys, les larmes au bord des yeux, intervient.

Je ne sais pas... c'est quand même un homme, nous devrions le respecter, et si on le veillait plutôt ? Comme dans les traditions primitives ? Il faut... je ne sais pas, moi... allumer une bougie par exemple.

Le colonel, qui déteste la sensiblerie, tranche d'une voix forte. C'est une excellente idée, mademoiselle. Malheureusement, nous n'avons pas de bougie.

Blanche garde les yeux rivés sur le prêtre, comme hypnotisée. Mais chez moi j'ai des bougies qui crépitent. Vous savez, les bougies qui font des étincelles. J'en mets parfois en décoration sur mon tiramisu. C'est ravissant. C'est du plus bel effet sur les tables de fêtes. Bien sûr, ça ne dure pas très longtemps.

Un cousin du 21 tape dans ses mains. Chez nous nous avons des bougies qui sentent bon. Je peux aller les chercher si ça peut dépanner...

Blanche ajoute d'une voix monocorde, les yeux dans le vide. Moi aussi j'ai ça. J'ai aussi des senteurs, des sortes de bâtonnets qui donnent une bonne odeur. Notez que ce ne sont pas des bâtonnets d'encens, ce sont des bâtonnets qui trempent dans un parfum. Le parfum remonte le long des tiges comme par capillarité.

Je ne vois pas pourquoi on parle ici de capillarité, dit le voisin chauve, vexé. En plus, ce n'est absolument pas adapté à la situation, on cherche une bougie pour entourer cette personne, pas changer l'odeur de cette pièce. Est-ce qu'on pourrait être un peu sérieux par respect pour le mort ?

Le voisin dont personne ne se rappelle jamais du nom ne pensait pas que son intervention aurait tant d'effet. Un silence de mort s'empare de la pièce.

Un silence pesant. Lourd. Angoissant.

J'ai peur, dit Julie-Lys.

Heureusement, le colonel dissipe d'une voix forte le silence assourdissant qui s'empare des cœurs. Si vous n'avez pas de bougie, avez-vous une lumière qui s'en approche, chère voisine ?

André, qui ne trouve pas ses mots croisés dans la pénombre ambiante, répond à la place de sa femme. Je ne sais pas si ça fera l'affaire, mais nous avons des guirlandes de Noël. Par chance je ne les ai pas encore descendues à la cave.

Michèle hausse les épaules. Par chance, par chance... par flemmardise, oui ! Ça fait six mois que j'attends que tu les ranges.

Le colonel, qui n'aime pas les jérémiades, tranche d'une voix forte. Des guirlandes lumineuses feront l'affaire. C'est une très bonne idée.

À ces mots, dits d'une voix caverneuse, Michèle se félicite d'avoir fait venir le Colonel. Il est vraiment l'homme de la situation.

Très bien, nous avons la lumière. Michèle tressaille.

Elle n'avait jamais vraiment porté attention au timbre de sa voix. Mais ici, en pleine nuit et dans cette situation pour le moins angoissante, elle entend comme pour la première fois cette voix virile et rocailleuse.

C'est un bon début. Quelqu'un a-t-il déjà veillé un mort ? Il faudrait de la musique. Un chant serait parfait. Puisque cet homme est prêtre, je propose un chant religieux.

Oui, je chanterai de toutes mes cordes vocales avec vous, mon Colonel. Nos voix enchevêtrées, s'envolant vers les cieux... Vous et votre organe si puissant...

Michèle n'a pas fini de laisser aller ses pensées vagabondes, qu'elle est coupée dans son...

IL N'EN EST PAS QUESTION !

Mais enfin qui hurle comme ça, dans une chambre mortuaire ? Quel affligeant manque de respect !

Le voisin dont tout le monde oublie toujours le nom se lève et s'emporte. Excusez-moi mais ce sera sans moi. C'est contraire à mes valeurs. Je suis athée, vous ne me ferez pas chanter ce genre de conneries.

Tout le monde est sidéré de tant d'aplomb.

Vous ne voulez pas chanter par respect pour le défunt ?

Je veux bien chanter pour l'homme. Mais pas pour ce qu'il représente. La tyrannie et l'oppression. Les croisades, l'inquisition, les guerres de religion, la dévaluation féminine, la pédophilie.

Michèle sursaute, effrayée qu'un tel abject personnage puisse se tenir dans son lit. Elle bégaie.

Il a vraiment fait tout ça ? Enfin je veux dire... à lui tout seul ? Et moi qui voyais en lui un vieux bonhomme en fin de vie qui trouvait la force de venir en pleine nuit pour m'accompagner dans mes dernières heures... Mais quelle horreur, un monstre ! Heureusement que c'est lui qui a trépassé et pas moi... Vous voulez mon avis ? C'est le petit Jésus qui l'a puni de tant d'ignominies.

Le voisin tousse. Oui, enfin quand je dis que c'est lui, je ne veux pas dire lui exactement. C'est une image, ce n'est pas lui spécifiquement.

Michèle soupire de soulagement. Ah ! vous m'avez fait peur ! Je comprends, c'est une litote. Ou un euphémisme. Me voilà rassurée.

Julie-Lys éclate en sanglots. Mais si on ne chante pas, c'est comme si on le tuait une deuxième fois ! Et dans cette histoire personne ne le pleure... Je crois que c'est ça qui me fait le plus de peine. Je vous ai déjà raconté la fois où j'ai vu un homme se jeter sous le métro ? Ce qui m'a choqué c'est que tout le reste de ma journée a été normal. Tout. Comme si rien ne s'était passé. J'aurais voulu que le monde s'arrête. Qu'on fasse une pause. Que personne ne meure sans qu'on s'arrête tous. Pas longtemps, juste un peu. Juste le temps qu'il faut.

Tandis qu'elle parle, de l'eau coule de ses narines. Julie-Lys voudrait se moucher, elle s'essuie d'un coup d'avant-bras sur sa manche et continue, toute à son émotion.

Je m'excuse, mais croisades ou pas, tout le monde doit participer. Nous ne sommes pas dans un débat d'idées, nous sommes des êtres humains imparfaits, face à un autre être humain imparfait. Nous sommes face à la fragilité de notre existence, face au néant contre lequel nous devons donner un sens. Nous sommes l'humanité, nous sommes petits et misérables. Mais nous sommes aussi ce qui nous dépasse, un désir de transcender l'absurde, une lutte inégale contre les forces de mort qui veulent nous réduire à néant. Ce soir nous ne sommes pas seulement des voisins, nous sommes l'humanité réunie. Il faut montrer que nous sommes soudés face à l'épreuve. Ce qui se joue maintenant va bien au-delà de nos relations de voisinage. Nous représentons la vie. La vie contre la mort !

23 h 54

Le long silence ému est brisé par un reniflement bruyant.

Tandis que tout le monde continue de chercher son nom, le voisin prend la main de Julie-Lys. C'est beau. Ce que vous dites est tellement émouvant. J'en ai les larmes aux yeux. Écoutez, je veux bien chanter. À condition que ce ne soit pas des amen ni des alléluias.

Le colonel, trop heureux de reprendre le commandement des opérations, donne le ton. Alors, chantons. Quel chant d'Église connaissez-vous ?

Eh bien, aucun, je vous dis que je suis athée, reprend le voisin en bombant le torse.

André, qui a terminé de dérouler les guirlandes autour du lit, effectue les derniers branchements. Cette lumière est du plus bel effet ! On dirait qu'elle a été créée pour cette occasion. Vraiment nous n'aurions pu trouver lumière plus adaptée.

Il se relève et admire son travail. Que penseriez-vous de faire passer la guirlande par-dessus le corps, et de l'enrouler ? Cela ferait comme une sorte de paquet lumineux.

Michèle se tourne vers le colonel. Qu'en pensez-vous, Monseigneur ? Ce serait ravissant. Cela ferait une sorte de cadeau éternel. Un cadeau d'éternité. Ce que je viens de dire est très beau. Quelqu'un veut le noter dans un petit carnet ?

André s'exécute et saucissonne le corps, ravi de l'effet festif de sa guirlande. Sans vouloir être insistant, cette guirlande est pour le moins un très bel achat. Vraiment j'en suis ravi. Je ne peux que la conseiller. Savez-vous qu'elle ne propose pas moins de huit modes de clignotements ? D'une seule pression, je peux mettre un clignotement « en vague », qui porte très bien son nom d'ailleurs. Regardez : on voit bien que la lumière va et vient. Si j'appuie encore une fois, c'est un « fondu lent ». On voit bien que la lumière est plus progressive. Je peux aussi mettre en séquentielle, ou en rythme rapide…

Tous les voisins regardent le corps inerte et ficelé, illuminé de mille feux, le visage magnifié par le fondu artistique proposé par la guirlande.

Mets donc « allumé tout court ! » l'interrompt Michèle. Enfin André, on ne te demande pas de t'amuser, on te demande de mettre l'ambiance.

Michèle se tourne vers le colonel, et ajoute d'une voix de miel. Messire, je suis prête à chanter avec vous de tout mon cœur. Malheureusement, moi non plus je ne connais pas de chant d'Église. Même si je suis catholique. La preuve : je viens d'aller à confesse.

André est attendri, car il n'avait pas vu sa femme battre des cils depuis bien longtemps.

Le colonel ne se décourage pas mais commence à s'impatienter. Il nous faut pourtant un chant pour veiller cet homme comme il se doit ! Quelqu'un a-t-il une idée ?

André sursaute en apercevant se mots croisés négligemment posés sur le petit guéridon hérité de la mère de Michèle. Depuis tout à l'heure, ils étaient là, bien en évidence, sous la lumière crue de la lampe en étain et sous l'abat-jour vert. Et moi qui les cherchais partout ailleurs !

Le colonel insiste. Quelqu'un aurait-il une idée pour un chant funèbre ?

Tout à sa joie d'avoir retrouvé ses mots croisés, André se met à parler beaucoup trop fort. Il brise le silence de sa voix nasillarde. Oui, j'ai « nénie » en cinq lettres, « threne » en six lettres. J'ai encore « vocero » ou « voceri » au choix, puisque les deux sont acceptables. En six lettres également.

Le colonel est tout à coup euphorique. Mais c'est parfait tout cela ! André, je ne vous connaissais pas ce don musical ! Pouvez-vous nous donner le ton, s'il vous plait ?

André garde les yeux rivés sur sa feuille. Ah non, je n'en connais pas la musique ! Ma spécialité ce sont les mots.

Toujours les mots. Rien que les mots. Et encore, je ne vous parle que des mots croisés ! Pour le scrabble, si vous me dites « chant funèbre », je pencherais plutôt vers « oraison » ou « *requiem* » qui sont tous les deux des mots de sept lettres et qui me permettraient de recevoir la fameuse bonification de 50 points.

Le colonel, qui est plus homme d'action qu'homme de lettres, tourne les talons, laissant André penché sur ses mots croisés. Il s'impatiente et s'adresse à tous, de façon catégorique. Vous connaissez forcément un ou deux chants. Est-ce que personne n'a jamais accompagné sa grand-mère à la messe de Noël ?

Mais si, ma grand-mère était pratiquante ! hurle Michèle, ravie de répondre enfin aux attentes du colonel. Elle est stupéfaite. Mais enfin, comment le savez-vous ? Je veux dire... pour ma grand-mère ?

Je ne sais pas, l'intuition. Le colonel se redresse, le regard fier.

Évidemment, pense Michèle. Les hommes de combat sont intelligents et intuitifs. Le colonel n'a pas besoin de réflexions interminables pour prendre des décisions. Il le fait rapidement après avoir balayé du regard et tâté l'environnement proche. Il est comme un animal. Instinctif et sauvage.

Messire... je veux dire Monseigneur, je suis prête à vous suivre.

Le colonel, ravi de trouver une alliée pour chanter, ne prête pas attention à son sourire enjôleur. Vous voyez, nous allons trouver une solution.

Connaissez-vous *Les anges dans nos campagnes* ? C'est celui qu'on chante à la fin. En dernier. Au moment de partir. Juste avant le vin chaud et les cadeaux.

Oui, je connais ! Enfin. Attendez que je réfléchisse. Je connais l'air, mais je ne connais pas les paroles.

Le voisin dont personne ne cherche plus le nom intervient. Ça me dit vaguement quelque chose... mais de là à retrouver l'air, je ne crois pas.

C'est embêtant. Les cousins, connaissez-vous un autre chant d'église ?

Tout le monde se tait, têtes basses, les yeux tournés vers le visage immobile, serein et clignotant.

Votre silence est éloquent. Écoutez, il faut bien trouver quelque chose, c'est quand même une veillée funèbre.

Soudain son visage s'éclaire. Connaissez-vous *Petit Papa Noël* ?

Mais oui, bien sûr, tout le monde la connait, celle-là !

Chacun exulte et s'exclame dans un joyeux brouhaha, trop heureux de trouver une solution à cette situation embarrassante.

Eh bien voilà. Vous voyez que vous êtes catholiques ! Allez, tous ensemble, de tout notre cœur, chantons !

Petit Papa Noël
Quand tu descendras du ciel
Avec des jouets par milliers
N'oublie pas mon petit soulier.

Mais avant de partir
Il faudra bien te couvrir
Dehors tu vas avoir si froid
C'est un peu à cause de moi.

Il me tarde tant que le jour se lève
Pour voir si tu m'as apporté
Tous les beaux joujoux que je vois en rêve
Et que je t'ai commandé.

Petit Papa Noël
Quand tu descendras du ciel
Avec des jouets par milliers
N'oublie pas mon petit soulier.

00 h 00

Le colonel serre les mains de chacun, le regard franc et ému. Je tiens à vous féliciter. Cette prestation était particulièrement réussie.

Oui, c'était très beau, très émouvant. Bravo à tous. Je suis très fier de ce que nous avons fait ce soir. En dépit de l'adversité, nous avons réussi à rester soudés. Unis. Comme un seul homme.

Êtes-vous satisfaite, mademoiselle Julie-Lys ?

Julie-Lys se mouche maintenant sans complexe dans sa manche. Oui, je crois que nous avons vaincu la mort, d'une certaine manière. Merci à vous tous, dit-elle en s'écroulant d'émotion.

Le colonel se tourne vers Michèle. Mais pourquoi avez-vous chanté si aigu ? On aurait dit... Je ne sais pas, une sorte de sirène, sans vouloir vous offenser.

Michèle bat des cils. Vous ne m'offensez pas, répond Michèle, s'imaginant attirer les marins d'une voix enchanteresse et séduisante. Eh bien mon bon monsieur, c'est ainsi que l'on fait dans les églises. Cela fait bien longtemps que je n'y suis pas allée, mais je peux vous dire que je me souviens bien que tout le monde chante très aigu. C'est ainsi que l'on doit faire. Plus le chant est aigu, plus il est réussi.

Tous regardent le corps ligoté et clignotant, émus et satisfaits d'avoir vaincu la mort.

— C'est une riche idée cette guirlande. Ça donne un petit côté festif qui n'est pas pour me déplaire.
— Oui vous avez raison.
— Bon.
— Qu'est-ce qu'on fait maintenant ?
— Je ne sais pas, je n'ai pas l'habitude de ce genre de situation. Est-ce qu'on doit le recouvrir de quelque chose ?
— Lui jeter un peu d'eau, peut-être ?

Michèle, à l'idée de jeter de l'eau sur son lit en bois et sur son parquet, interrompt la conversation brutalement.

Et si on faisait plutôt un masque mortuaire ? Figurez-vous que c'est un très beau cadeau à faire à son entourage. Et je sais par expérience que le masque doit être fait dans les heures qui suivent le trépas. Sinon les traits se figent.

Michèle bat des cils en se tournant vers le colonel. Qu'en pensez-vous, majesté ?

Ma foi, je n'ai pas l'habitude de ce genre d'activité manuelle, mais je vois, chère voisine, que vous avez la fibre artistique.

L'expérience peut se révéler fédératrice. Redonner de la cohésion à notre troupe. Resserrer les liens dans l'épreuve. Je ne dis pas non. Comment faut-il procéder ?

Michèle est ravie de prendre la direction des opérations. Elle se place debout, face au lit. Tout le monde la regarde. Elle ferme les yeux, respire consciencieusement, ouvre les yeux et regarde le corps inerte et illuminé.

Il faut travailler avec minutie. Chacun aura un rôle précis car une fois le travail débuté, tout doit être exécuté rapidement.

Voilà comment nous allons procéder : nous allons tout d'abord effectuer une prise d'empreinte de l'ensemble de la tête à la bande plâtrée. Cela permettra d'obtenir une forme générale que nous pourrons retravailler pour la réalisation du buste.

Nous allons couvrir progressivement le visage en assurant une superposition entre les différentes couches de plâtre.

Le secret pour une belle réalisation est de ne pas hésiter à repasser à la main humide sur les bandes déjà posées pour parfaire le contact avec la peau. Je propose que cette partie soit dévolue aux femmes : Blanche, Julie-Lys et moi-même. Les femmes sont plus gracieuses et plus minutieuses, c'est bien connu.

André, tu seras mon infirmier instrumentiste : ton rôle est de passer les instruments chirurgicaux stériles au chirurgien. Tu dois t'occuper de tout le matériel nécessaire à l'intervention. Pour commencer, apporte-moi de l'eau et des bandes de plâtre.

Tout le monde se tourne vers André qui semble ignorer la demande de sa femme. Il est debout, courbé sur ses mots croisés, se gratte la tête avec son stylo bille.

André, dit Michèle dans un souffle.

André, répète Michèle d'un air grave.

André ! hurle Michèle, d'un air exaspéré, excédée par le silence d'André.

André lève la tête, hébété.

De l'eau et des bandes de plâtre !

André, tout à ses mots croisés, découvre que tous le regardent.

Oui ! Bande de plâtre, laissez-moi réfléchir. J'ai « stuc » et « crêpi » qui conviendraient plutôt pour des mots croisés. Car pour un scrabble, je pencherais plutôt pour « moulure » et « taloche » qui rapportent 50 points.

Tous le regardent sans comprendre. André se sent seul. Il insiste.

Ce sont des scrabbles ! Sept lettres chacun !

Comme personne ne réagit, il s'explique. J'ai d'autres mots en tête, mais le plus beau revient à « fractures » au pluriel, qui ne compte pas moins de neuf lettres.

Michèle intervient.

Mais cesse donc avec tes mots, j'ai besoin de matériel pour le masque mortuaire. C'est un hommage à la vie. Nous sommes dans le concret figure-toi, pendant que tu restes dans ton petit monde. Apporte-moi donc des bandes de plâtre !

André se désole.

Mais ma petite Micheline, je ne savais pas que nous allions effectuer un masque mortuaire, je n'en ai pas acheté !

00 h 13

Alors là, c'est la meilleure ! Pas de bandes de plâtre. Je veux bien prendre la direction des opérations, mais pardonnez-moi mon éminence, sans outil je ne peux rien faire. Je veux bien faire un hommage à la vie, mais sans matériel... Que voulez-vous que je fasse ?

Devant la déception générale, Julie-Lys intervient. Mais enfin ce masque est le prolongement de la vie ! C'est une façon de faire vivre ce pauvre homme un peu plus. Tout à l'heure, je regardais le masque sur le mur derrière vous, masque qui vous ressemble étrangement, Michèle. Et tout en le regardant, je me disais que c'était un très bel hommage. La personne représentée est bien présente. Elle est avec nous. Elle nous écoute, elle rit et chante avec nous. Oui, on peut affirmer que grâce à ce masque, elle vit encore un peu. Vous comprenez, si on ne fait pas ce masque, c'est comme si on abdiquait. C'est comme si on tuait ce pauvre homme de nos propres mains.

Le voisin dont tout le monde a cessé de chercher le nom s'étrangle.

Oui, enfin il ne faut pas exagérer non plus... Dois-je vous rappeler ce qu'il représente ?

Michèle est lasse. Elle s'assoit sur la chaise, fatiguée. Oui, on sait : un croisé pédophile. Écoutez, vous m'embrouillez avec vos litotes, et je ne sais plus quoi en penser. Cet homme mérite-t-il toute notre attention, oui ou non ? Voisin, répondez-moi de façon précise : cet homme ici présent, enturbanné d'une magnifique guirlande et brillant au rythme de la vie est-il, oui ou non, un croisé pédophile ?

Le voisin est impressionné par le ton subitement si autoritaire de Michèle.

Il se dandine. Ce n'est pas si simple. Je ne le connais pas personnellement. Mais je tiens à dire que s'il n'est pas coupable, cela ne signifie pas qu'il soit innocent non plus.

Michèle le coupe, se relève et se tourne vers le colonel. Si cet homme n'est pas un croisé pédophile, nous devons lui offrir un masque mortuaire. Mon colonel, j'attends vos ordres.

Le colonel reprend la direction des opérations. Dans ces conditions, et puisqu'il faut trouver une solution pratique à cette situation, je dirais qu'un outil en vaut bien un autre, du moment qu'il remplit sa mission. Cela signifie que nous devons trouver un autre matériau pour recouvrir le visage. Quelque chose de liquide, qui durcisse dans le temps, que l'on puisse lisser. Quelqu'un a une idée ?

Tout à coup le visage de Blanche s'illumine…

J'ai trouvé ! De la cire !

00 h 45

Blanche, n’hésitez pas à remettre une bande par ici. Il faut bien lisser avec la main, comme ceci. Il ne faudrait pas qu’une bulle d’air reste coincée, cela affaiblirait la résistance du masque. Maintenant que la totalité de la tête est recouverte, c’est le moment de renforcer un maximum.

Les trois femmes lissent leur œuvre d’une main maternante, sous le regard admiratif de la gent masculine.

Vraiment, je ne savais pas que notre rue abritait de telles artistes. Mesdames, mon cœur de Colonel tressaille devant tant de beauté.

Michèle bat des cils. Chacun ses atouts ! Nous sommes des femmes, voilà tout. Un peu de douceur féminine et le monde est plus beau.

Elle se penche vers le masque en création, attendrie. Voilà mon beau. Il faut caresser la surface. Julie-Lys, essayez de contrôler qu’il n’y a pas de manques.

Michèle se relève brutalement. André ! Scalpel !

Comme je vous le disais, une fois que l'ensemble de la tête est renforcé, on peut couvrir les yeux. J'insiste bien : il faut toujours couvrir les yeux en dernier, car la peau y est plus fragile. On risquerait de les abimer. Surtout avec de la cire brûlante, il va sans dire.

Pour la fin, on continue les renforts, on attend quelques minutes que le plâtre prenne et on commence à enlever le masque. Voilà, c'est bête comme chou. Là par exemple, c'est presque sec. Nous allons pouvoir démouler.

Il faut tirer de façon assez brutale, ce qui est l'apanage des hommes, c'est bien connu. Mesdames, notre rôle s'arrête là. Mon colonel, voulez-vous prendre la manœuvre des opérations ?

Le colonel s'approche du masque, sa carrure oblige les femmes à se reculer. Il s'empare du masque de ses deux mains viriles. Le geste sûr et le regard clair, tire d'un coup sec.

C'est alors que la guirlande se met à bouger en tous sens, éclairant la pièce d'une lumière vivace, embrasant la chambre d'une illumination surnaturelle et sonore. Lumière et bruit ne font plus qu'un.

Hurlement strident.

Cri de bête égorgée, cri inhumain venu du fond des entrailles, cri de douleur et d'effroi.

Le colonel se retrouve alors face à deux yeux exorbités et incrédules.

Il se dresse, stupéfait. Quelqu'un a-t-il vérifié que le mort était bien mort ?

1 h 03

— IL EST VIVANT ! C’est un miracle, c’est le miracle de Noël !

— Vous avez vu ? Quand il a tressailli, on aurait dit un ver luisant.

— Chantons, chantons la vie !

— Il est né le divin enfant !

— Mais qui a vérifié qu’il était bien mort ?

— Ah ! Vous voyez ? Personne ne meurt dans ma maison. J’en étais sûre. Je vous l’avais bien dit : on ne meurt pas impunément chez moi. Quelqu’un l’a bien noté dans son petit carnet ?

— Mais enfin voisin, que faites-vous à genoux à faire des signes de croix ? Je croyais que vous étiez athée !

— Nous avons gagné : la vie contre la mort ! C’est tellement émouvant. Notre solidarité a été la plus forte... Quelqu’un aurait-il un mouchoir ? Ma manche est trempée.

— Le mot « évanouissement » ne peut pas être posé au scrabble : il est trop long et le joueur n’a pas assez de lettres. À moins que le mot « évanoui » soit déjà posé par l'adversaire. Auquel cas il suffirait de poser les lettres S-S-E-M-E-N-T.

— Voisin, relevez-vous, vous êtes ridicule. Une conversion à votre âge... Ne faites pas l'enfant, voyons.

— En plus il fait le signe de croix à l'envers.

— Non, il a raison, je connais mon signe de croix, je vous rappelle que j'ai été à confesse tout à l'heure, je suis catholique. Et je confirme qu'il faut le faire ainsi, de gauche à droite.

— Tout de même. Avoir dans son jeu toutes ces lettres me parait hautement improbable.

— Mais de quoi parlez-vous ?

— Des lettres S-S-E-M-E-N-T. C'est tout à fait improbable de les avoir toutes.

— André nous ne sommes pas en pleine partie de scrabble.

— Il a fait un bruit, vous avez entendu ? Sous le masque, ou ce qu'il en reste, quelqu'un a parlé !

— J'ai aussi entendu un bruit. Une sorte de borborygme.

— J'ai peur.

— Moi aussi.

— Vous pensez que ce sont des esprits ?

— Je ne sais pas.

— C'est peut-être une punition divine. Après tout, cet homme est prêtre, il ne doit pas mourir de la même façon que nous.

— Amen.

— Qu'est-ce que vous dites ?

— Je dis amen.

— Ça n’a aucun sens de dire amen comme ça, tout seul.

— Écoutez, il faut bien tenter quelque chose. On ne va pas rester là devant un mort qui parle, sans rien faire. Amen.

— C’est une chance de ne pas l’avoir enterré dans le square aux chats !

— Oui. Heureusement que j’ai des draps de famille.

— Michèle vous auriez pu faire semblant de mourir à un autre moment.

— Pardon ? Qu’ouïs-je ? André, tu as entendu ?

— Comment ma petite Michèle ?

— Tu as entendu l’affront fait à ta femme ? Pourrais-tu réagir en homme pour une fois ?

— Je pense qu’il a seulement voulu dire qu’il ne suffit pas de vouloir mourir pour mourir. Ce serait trop simple.

— C’est vrai. Vous auriez pu mourir en pleine journée. Ça aurait été moins sinistre pour nous tous. Là, en pleine nuit, avec un mort qui parle, excusez-moi mais la situation est pour le moins angoissante.

— Je n’ai pas choisi l’heure de mon trépas, figurez-vous. Ni de faire parler le mort.

— Alléluia.

— Quoi encore ? On peut savoir ce qui vous prend, vous ?

— Je dis alléluia. On ne sait jamais. Rapport à la punition divine. Ça peut avoir un impact sur la situation.

— Vous avez entendu ? Il a encore fait un bruit.

— J’ai peur.

— Moi aussi.

— Arrêtez avec vos signes de croix, vous ! Je vous assure que c'est insupportable. Si vous êtes subitement croyant, faites une prière, mais arrêtez avec vos simagrées.

— Aide-toi et le ciel t'aidera.

— Qu'est-ce que vous dites ?

— Aide-toi et le ciel t'aidera. C'est ma prière.

— Ça n'a aucun sens, ça n'est pas du tout approprié. Ce n'est pas une prière, c'est un proverbe !

— Je fais ce que je peux, je n'en connais pas d'autres.

— Eh bien cherchez sur internet, mais ne dites pas n'importe quoi, surtout devant notre hôte, qui est un homme de Dieu, dois-je vous le rappeler.

— Regardez : il bouge les lèvres. On dirait que le prêtre veut parler.

— Vous avez raison : il veut parler, mais le masque l'en empêche.

— « Soubhanaka al-lahoumma wa bihamdika wa tabaraka ismouka, wa ta ala jaddouka wa la ilaha rayrouka ».

— Qu'est-ce qui vous arrive, mon bon ami ? Vous êtes musulman, maintenant ?

— Non, pas du tout. C'est la première prière que j'ai trouvée sur internet. Regardez mon téléphone : c'est ce qui s'affiche quand on tape « prière ».

— Mais enfin vous le faites exprès ! Vous ne voyez pas combien c'est déplacé, justement ici, devant monsieur le curé, qui plus est. Reprenez donc vos signes de croix et taisez-vous, cela vaudra mieux.

— J'ai « laudes » en six lettres. J'ai aussi « oraison » ou « rosaire » en sept lettres.

— André nous ne faisons pas de mots croisés non plus.

— Vous avez entendu ? Je ne sais si c'est un esprit ou le prêtre, mais quelqu'un désire nous parler avec insistance. Ça borborygme avec persévérance.

— Nous n'avons plus le choix : il faut dégager son visage et retirer le masque mortuaire, quoi qu'il en coûte.

— Allez-y mon Colonel, nous sommes tous avec vous.

— Ne soyez pas trop brutal, vous risqueriez d'abimer le masque. J'insiste : c'est une manipulation particulièrement délicate. Mais je ne doute pas que vous saurez être fort et doux. Pas comme certains.

— Monsieur, vous m'entendez ? Je vais vous libérer. Mais je dois vous prévenir : ça risque d'être un tantinet douloureux. Soyez courageux, vous allez avoir un magnifique masque mortuaire.

— C'est vrai que nous avons fait du beau travail. Mes amis, je crois que nous pouvons dire non sans fierté que nous avons un don. Un véritable don artistique.

— Pour la gloire de notre œuvre... À la guerre comme à la guerre, tirons !

1 h 11

Les deux yeux incrédules, encore exorbités par la douleur, caressent la chambre du regard.

Les rideaux épais, aux teintes florales et rosées choisis par Michèle, le petit guéridon hérité de la mère de Michèle, et sur le guéridon des boites en bois vernis contenant les dents de lait de Michèle.

Un napperon brodé, une lampe en étain et un abat-jour vert. Au mur, face au lit conjugal, une peinture de bateaux et un masque mortuaire en plâtre. Celui de la mère de Michèle.

Debout, face à lui, huit personnes se dandinent dans un silence étonné. Des visages inconnus, tantôt souriants, tantôt sévères, mais toujours inquiets.

Une jeune femme contient avec difficulté son émotion, des larmes coulent sur ses joues. Elle se mouche dans sa manche. Un homme grand et fort se caresse le menton, cherchant à mettre du sens sur la situation. Deux hommes en retrait, visiblement mal à l'aise, ne savent comment se tenir. Une autre femme, les yeux dans le vague, ne semble pas tout à fait présente. À quoi pense-t-elle donc ? Un homme, choqué, fait tomber un magazine de mots croisés à ses pieds. À terre, un homme chauve chantant *Petit papa Noël*. Une femme, la plus âgée sans doute, comme c'est étrange, elle ressemble parfaitement au masque accroché sur le mur du fond.

Cette femme ! L'homme tressaille. Malgré l'état de stupeur et d'incompréhension dans lequel il se trouve, il se souvient, comme une fulgurance.

Se souvient de ce visage, pour lequel il est venu.

Le prêtre se redresse avec peine, entravé par la guirlande qui clignote toujours, fixe Michèle du regard, lève les doigts de sa main toujours menottée et dit dans un souffle.

« Dieu, Père plein de tendresse, a réconcilié le monde avec lui par la mort et la résurrection de son Fils. Il a envoyé l'Esprit saint pour la rémission des péchés... Et moi je vous pardonne tous vos péchés au nom du Père et du Fils et du Saint-Esprit ».

ÉPILOGUE

1 h 59

André s'assoit sur le petit tabouret derrière son paravent. Il enfile son pyjama aux rayures marron choisi par Michèle pour son anniversaire.

Une jambe et puis l'autre, encore étourdi par tant d'émotions.

Michèle, déjà en tenue de nuit, l'attend dans le lit conjugal. Quelle histoire... mais quelle histoire ! J'en suis tout ébaubie.

Vraiment André, ce n'est pas la peine d'aller au bout du monde pour vivre des choses incroyables.

Voyons... ce que nous venons de vivre est insensé, non ?

André se lève, contourne le paravent en opinant de la tête et rejoint Michèle. Oui c'est insensé. Je suis d'accord avec toi ma petite Michèle. Tout bonnement insensé. Moi-même, je ne suis pas certain de comprendre la nature de ce qui vient de se passer. Était-il mort ? Était-il en état de léthargie ? Nous ne le saurons jamais.

Ne dis pas cela, voyons, tu me fais peur. Viens donc ici et serre-moi fort. Enfin tout est bien qui finit bien, comme on aime à le dire.

Je suis rudement contente de ne pas avoir trépassé, figure-toi. C'est une bonne chose. Demain matin nous irons au marché.

André hoche la tête. Bien sûr, nous serons samedi. Nous irons au marché et la vie reprendra son cours normal.

Bien sûr. La vie. Son cours normal.

Tu le crois, toi, que la vie est plus forte que tout ?

Je veux dire... tu crois que la vie est plus forte que la mort ?

Je veux dire... après ?

Pour toute réponse, André serre Michèle dans ses bras.

Il regarde le masque mortuaire sur le mur face à lui. Il lui semble voir une larme couler.

Michèle remonte la couverture sur elle, et pose ses lunettes sur sa table de nuit. Elle éteint la lumière.

Tout de même. Je suis déçue.

Je pensais qu'il allait dire quelque chose de plus... Je ne sais pas.

De plus notable. De plus marquant.

De plus historique. Ce n'est pas tous les jours qu'on ressuscite dans la rue des Beaumonts.

Il aurait tout de même pu dire quelque chose qui reste dans les mémoires.

Quelque chose d'un peu extraordinaire.

De plus festif. Je ne sais pas. Plus carillon, quoi.

Et puis… il aurait pu mettre une robe noire tout de même.

J'aime bien les robes noires.

Bonne nuit.

Promenez-vous dans la Rue des Beaumonts
et passez de maison en maison :

Une vie sur le trottoir,
26 rue des Beaumonts

Basse-cour,
17 rue des Beaumonts

Il faut aimer les gens,
32 rue des Beaumonts

Par acquit de conscience,
28 rue des Beaumonts

Vous souhaitez être informé de mes prochaines publications ?
Vous voulez échanger avec moi au sujet de ce texte ?
Vous pouvez m'écrire à : cecilecrassous.ecrivain@gmail.com
À bientôt !

Printed by Amazon Italia Logistica S.r.l.
Torrazza Piemonte (TO), Italy

23943770R00064